ちくま文庫

ふしぎなお金

赤瀬川原平

筑摩書房

目次

ふしぎなお金　The Wonder of Money

I 財布と拳銃

A Wallet and a Pistol

冬のバーやレストランで、
席につく前に、
「コートお預りします」
といわれて、みんなドキ
リとしないだろうか。

だってコートの内ポケッ
トには拳銃が入っている。
それをそのまま預けて大丈
夫なのか。

という錯覚《さっかく》をもつほど、財布は拳銃に似ている。

だから「貴重品はよろしいですか」といわれてしまうと、何だか持っていかれるのかと思って、その護身《ごしん》用の拳銃みたいな財布を、身近なポケットに移し替える。

でも移し替えながら、どことなく後ろめたい。というより、どことなく情けない気になる。お前はそんなに相手が信用できないのか。そんなに拳銃なしで丸腰になるのが怖いのか、という声が追いかけてくる。

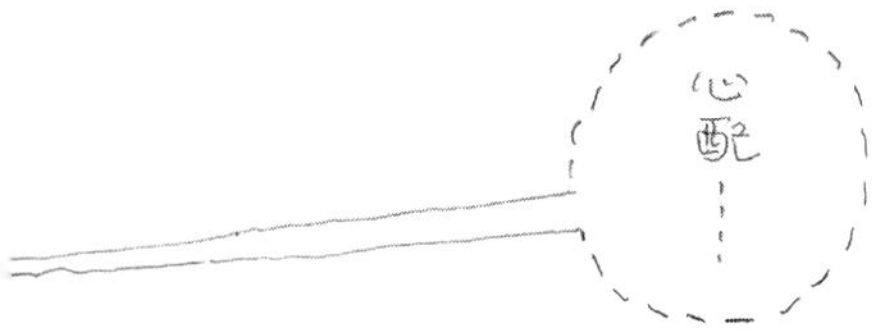

そういえば、昔の西部劇映画には、ガンベルトそのものを外《はず》す場面があった。宿について、あるいは自分の家に戻って、外敵なし、大丈夫、という状態ではじめてガンベルトを外して椅《い》子《す》の背に掛ける。ガンマンがくつろぐ一瞬である。

ぞろり

ところであのガンベルトとは、じつはむき出しの現金を装着したベルトなのだと、そんな感じがしないだろうか。

ガンマンはその現金でいつも勝負している。

幾らだ！

日本の場合は刀の大小《だいしょう》だ。明治以前、武士はみんな刀を差していた。男子、一歩外に出れば七人の敵、といわれるくらいで、刀の大小を肌身《はだみ》離さず持ち歩いていた。刀は護身用であり、権威でもあるところは、やはりいまのお金に似ている。

武士の世界の文化の一つに、茶の湯があった。招かれて行くお茶室には、小さな躙《にじ》り口《ぐち》が設けてある。あそこを入るには腰の大小を外して、外の刀掛《かたなかけ》に掛けねばならない。武士はみな、一瞬、躊躇《ちゅうちょ》したのではないか。

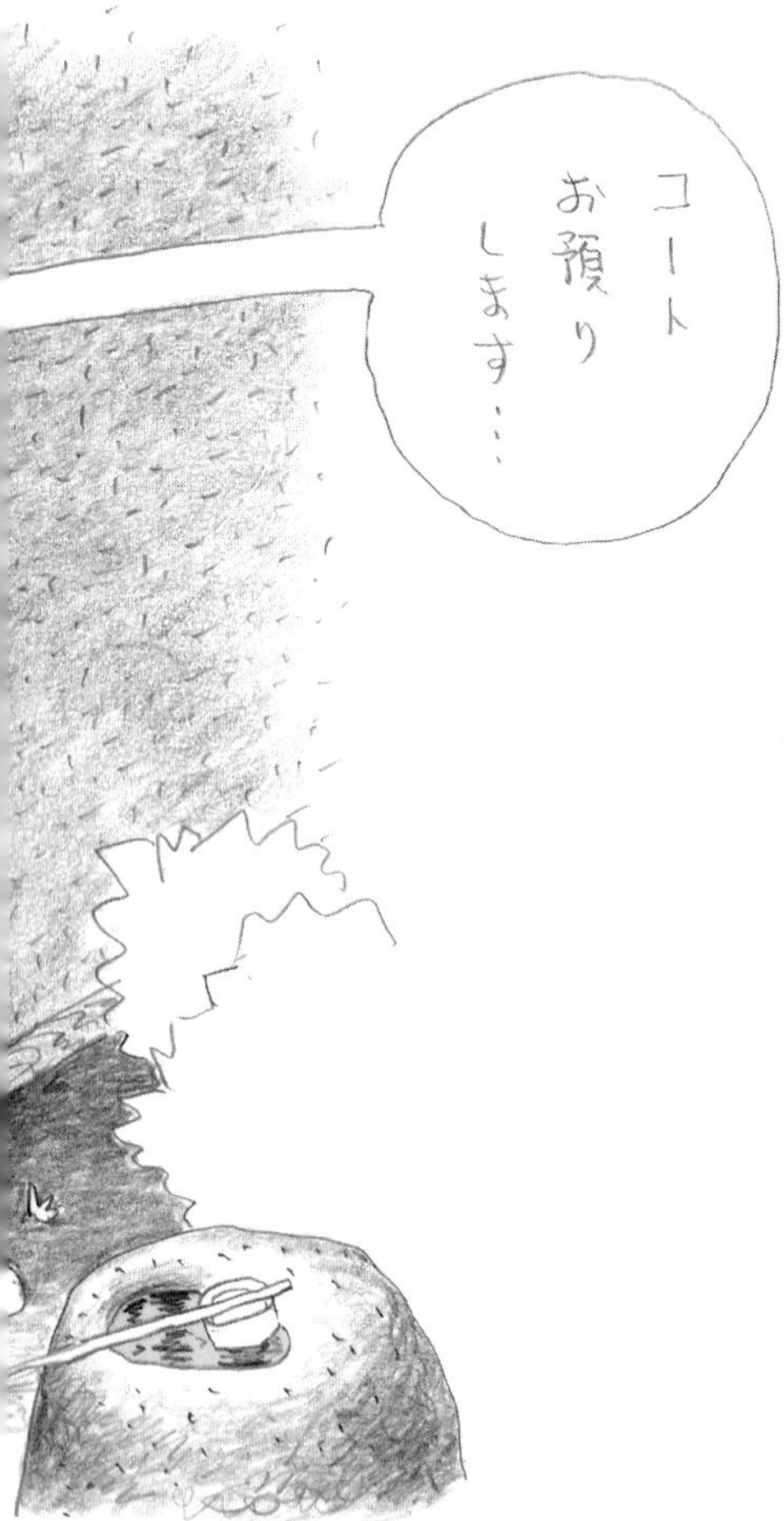

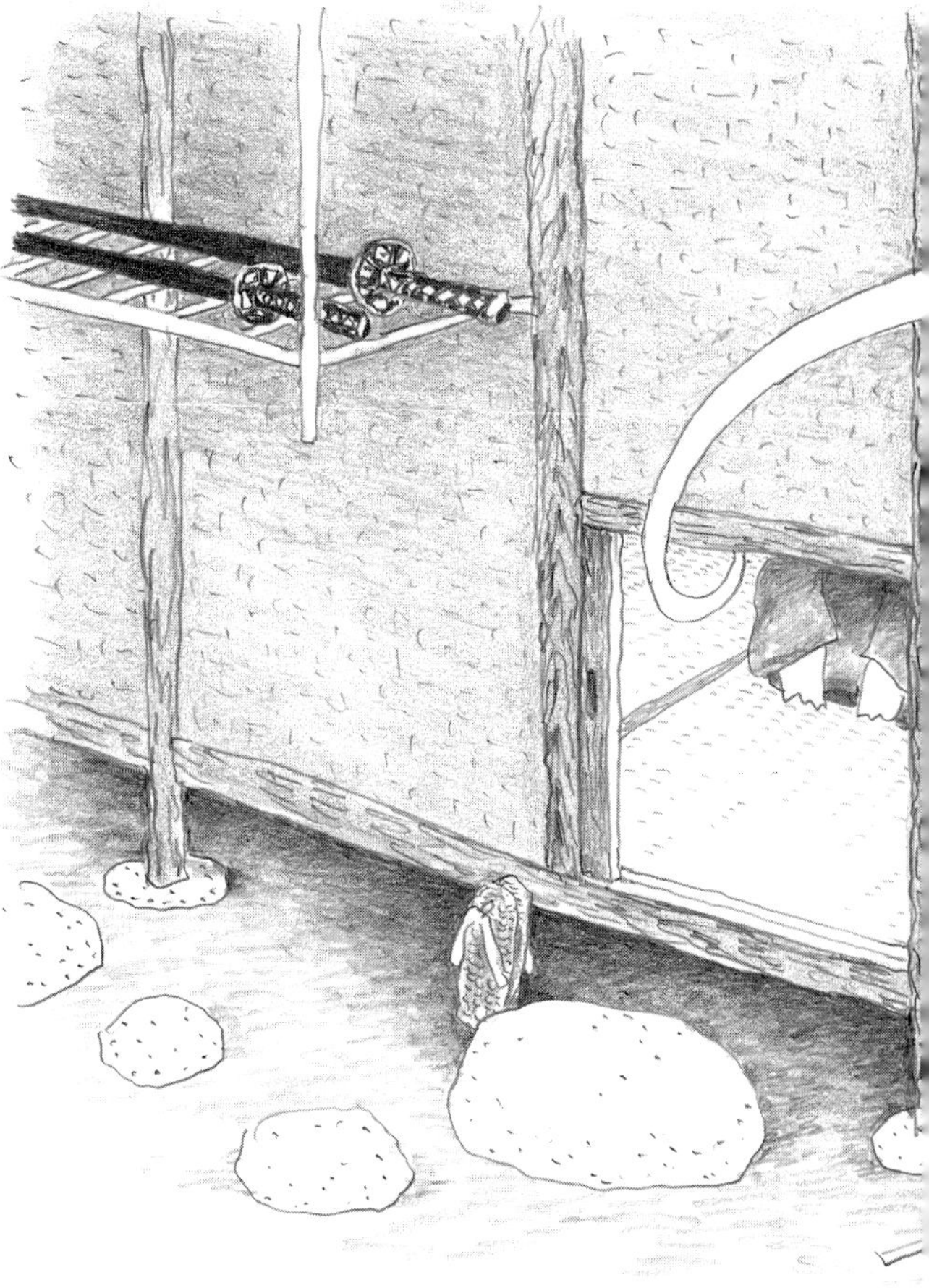

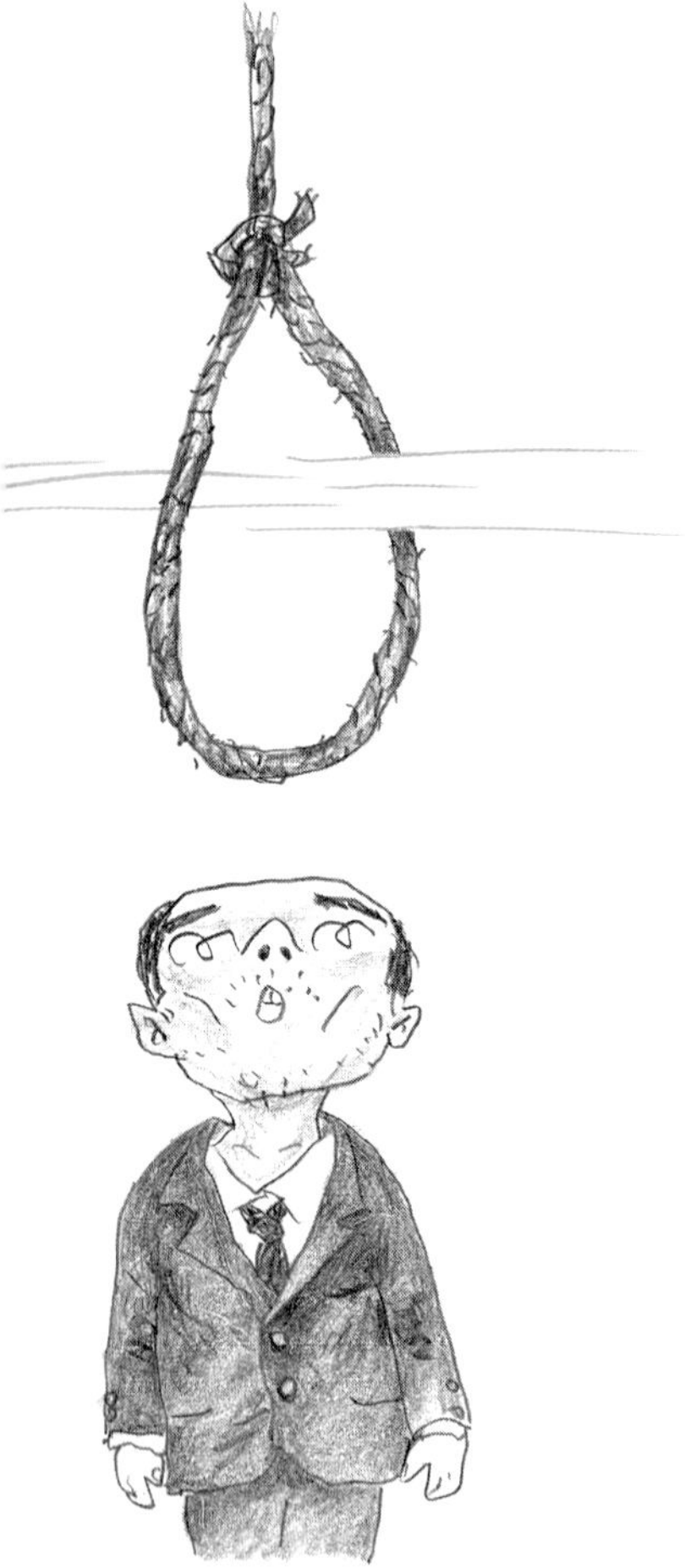

財布は刀やピストルと違って、人を殺《あや》める道具ではない。のではあるが、人は金のために人を殺したり、金のために自分の首を吊《つ》ったりして、金はやはり隠然《いんぜん》たる凶器《きょうき》の光を忍ばせている。

百万円

10000
10000
10000

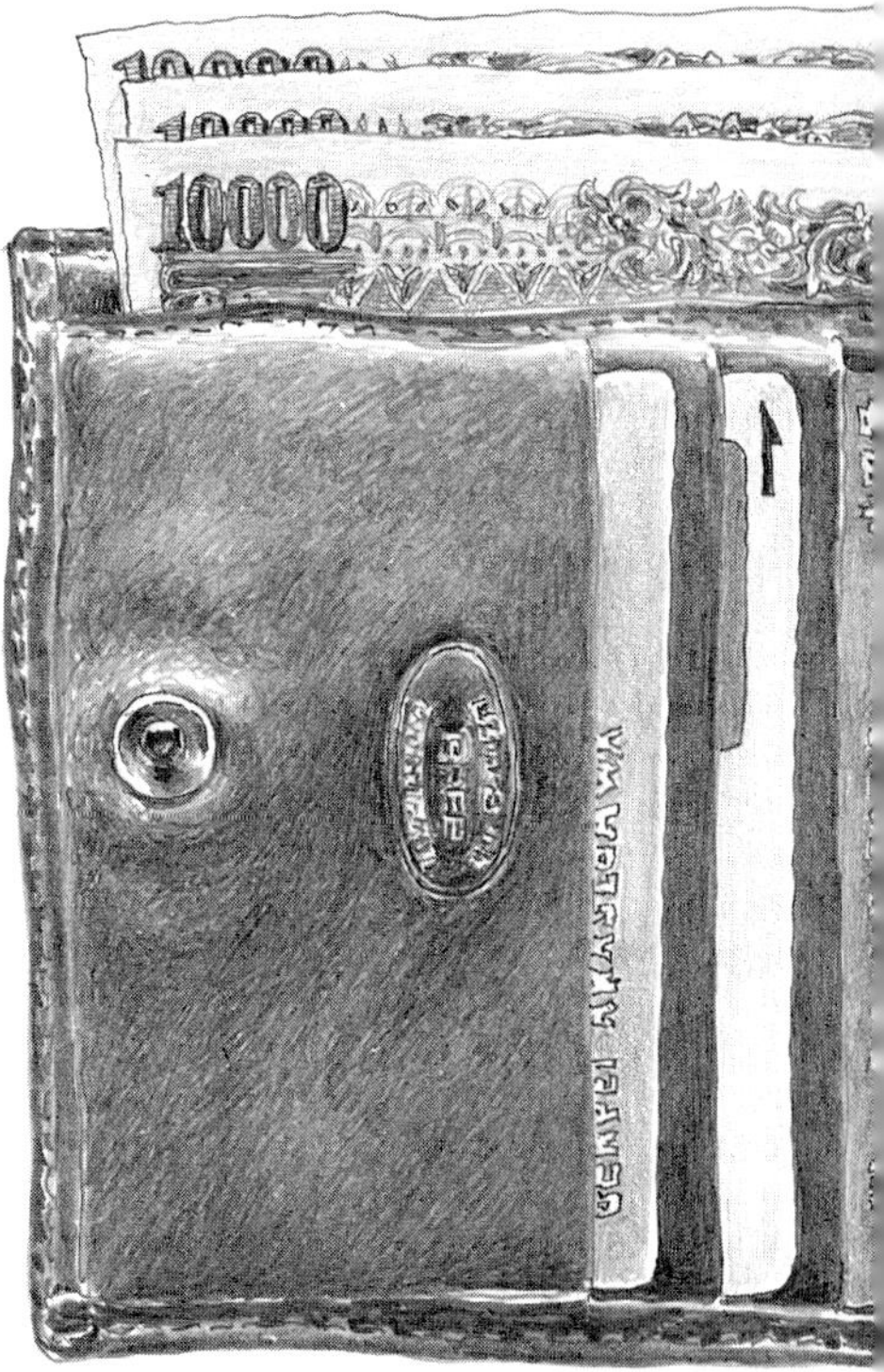
10000

拳銃も財布も、緊張の物件である。いざとなると拳銃をぶっ放すように、札びらを切る。

でも「いざ」とならないときは、それはそっとポケットに仕舞《しま》われている。

昔よりも落ち着いた現代社会では、それはさらに奥深くの内ポケットに移行している。

II 現金は血液

Cash is Blood

足下《あしもと》にお札《さつ》が落ちている。それを見たとたんにハッとする。千円札の四つ折りにしたわずかな面が見えているだけでも、何か異様にハッとするのは何故《なぜ》だろうか。

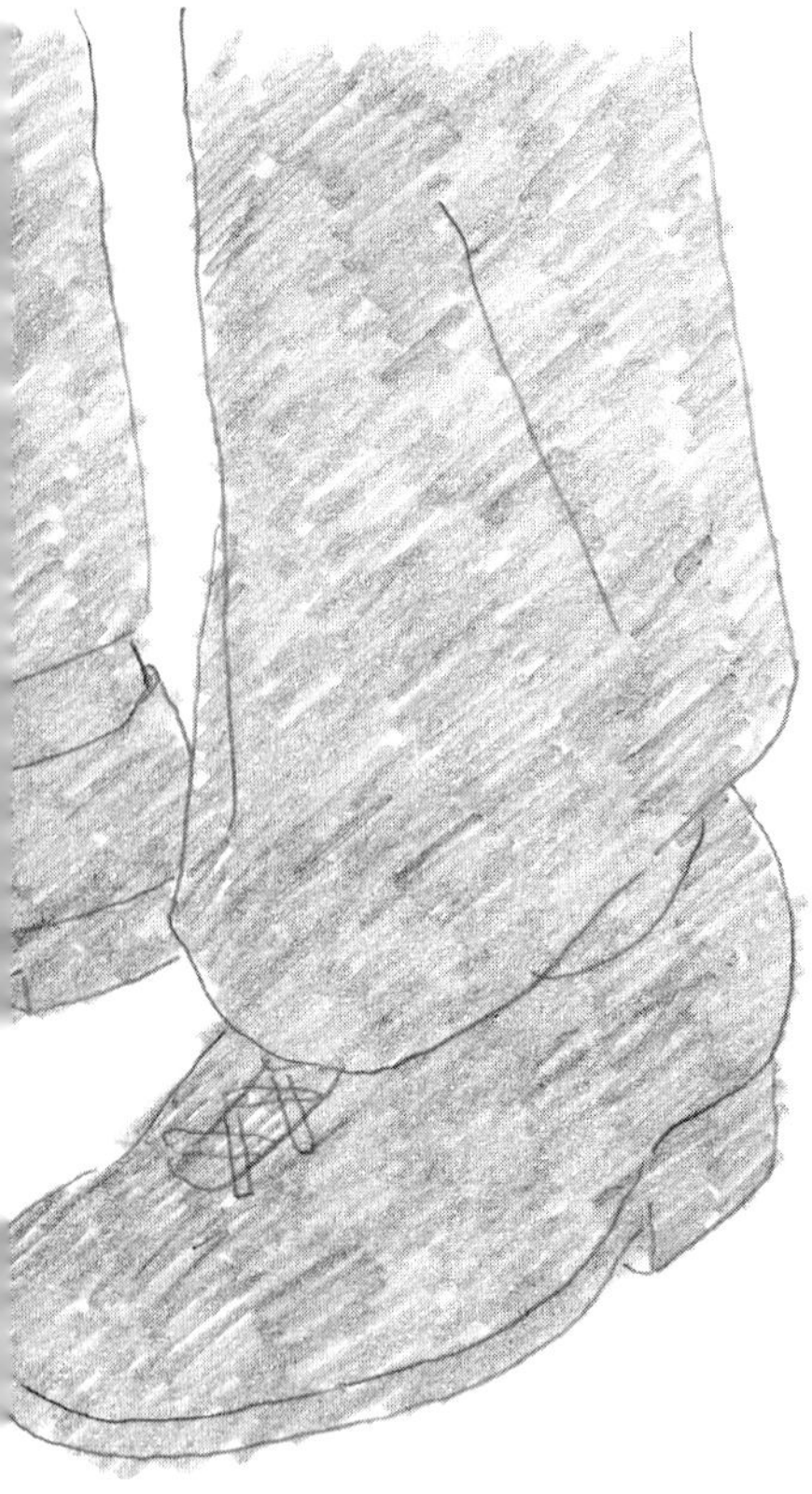

足下に血が垂《た》れている。それを見たとたんにハッとする。ちょっとした赤い液体なのに、何か異様にハッとする。見てはならないものを見てしまったような、一歩踏み込んだ秘密を見てしまったような、緊張が走る。

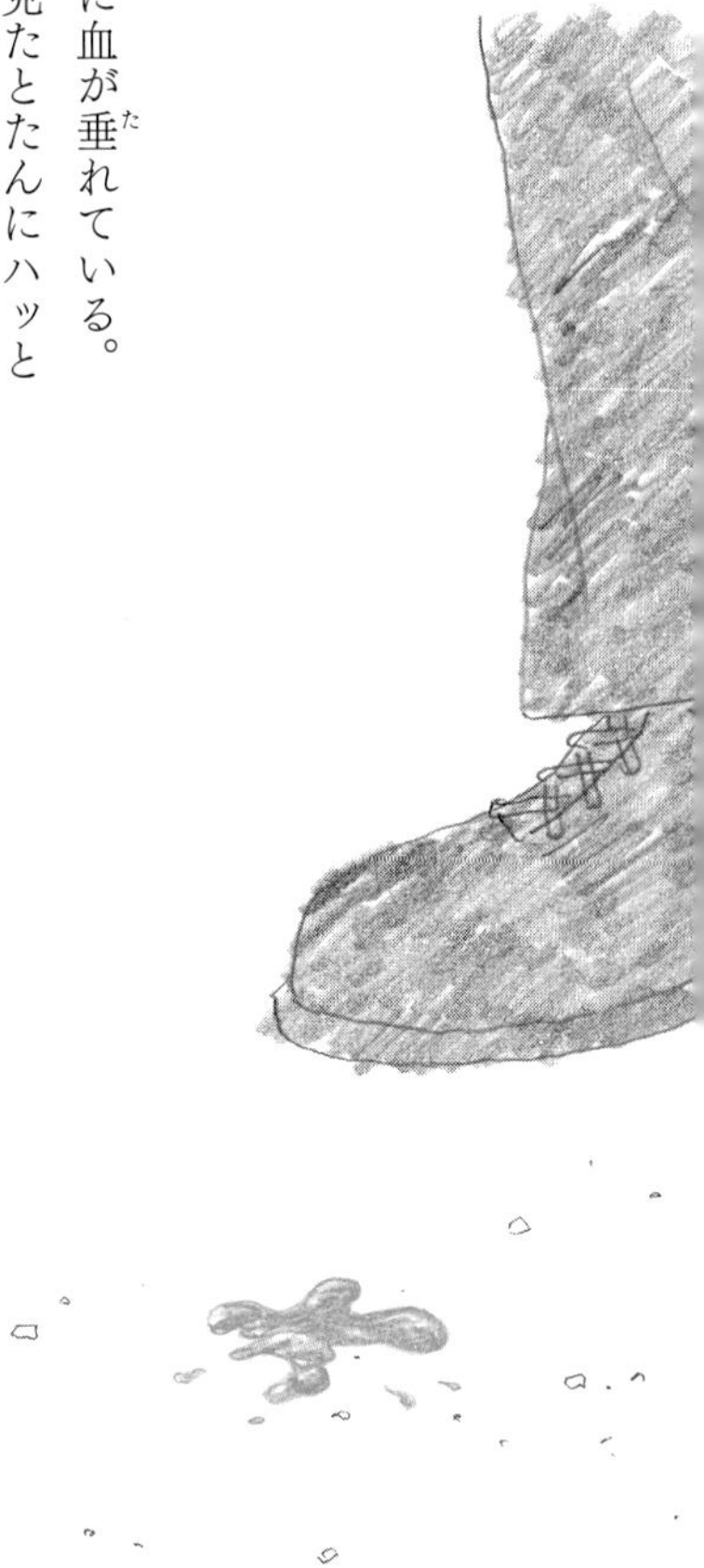

血はプライベートな液体である。自分の血は自分の体内にしっかり収《おさ》めてあって、めったに外に出さない。出したら大変なことになる。

お金もプライベートな物品である。自分の金は自分の財布の中にしっかり収めてあって、みだりに外には出さない。これ見よがしに出してばら撒《ま》いたりしたら、大変なことになる。

PRIVATE

壱万円

もし何かの拍子に服が破れ、ポケットが破れ、財布も破れて、中のお札が外にぱらぱらと出てしまったら……、

それは皮膚が破れて、血管も破れて、中の血がどくどく流れ出るようなものではないのか。

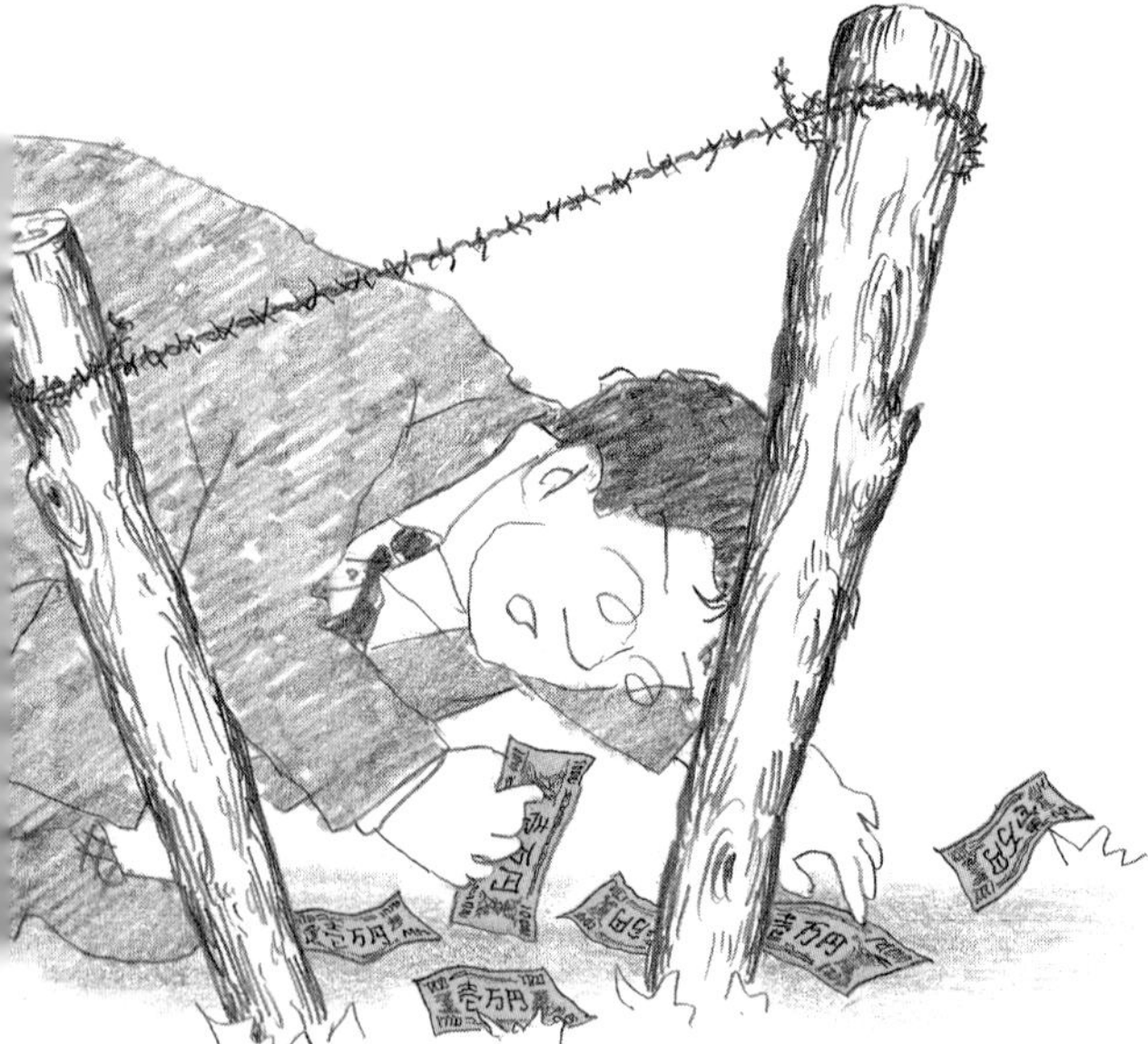
壱万円
壱万円
壱万円
壱万円

人は慌《あわ》てて紙幣を拾い集めて、また財布に入れて、内ポケットの奥深くに収め直す。

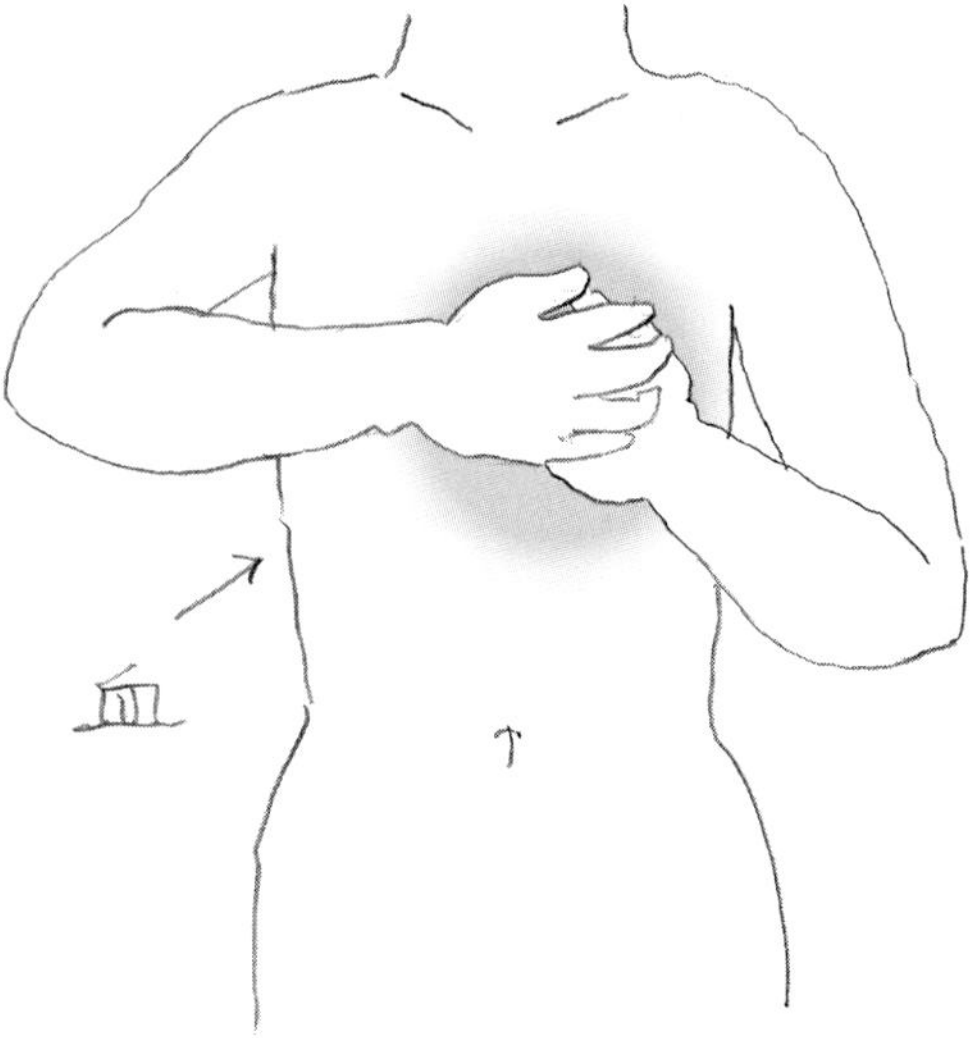

それが血であれば、人は
慌てて傷口を押さえて、そ
れ以上の血が外に出ないよ
うに、傷口を塞ぐ。

お札も血も、できるだけ外には露出《ろしゅつ》させずに、人の目の届かない自分の中に抑え込む。

お札は国家の作りものだから、金額が同じならどのお札も同じなのに、自分のお札はあくまで自分のものだ。他人のお札も同じなのに、他人のお札はあくまで他人のものだ。自分のお札と他人のお札ははっきり違う。とはいいながら、その自分のお札が場合によっては他人にわたり、他人のお札が自分の中に来たりもしている。

俺
出入国管理事
IDENTI
出国
じゃあね
俺
千円
10

はい 気持ラクに・・・

血も、人間の血はだいたいみんな同じで、成分にほとんど違いはないが、自分の血は絶対に自分のもので、自分の体内に密閉されている。でも場合によっては人助けで献血をする。お金だって場合によっては寄付したり、プレゼントしたり、投資して失敗して失《な》くしたりする。

お金も血も、命にかかわる。エネルギーの源である。
流体である。
生臭《なまぐさ》いものである。
でも輝いてる。
いきなり見せられるとドキリとする。
プライベートでありながら、共有のものでもあるところが、不思議な関係である。

III

お金の祖先

The Ancestor of Money

大昔、お金は物だった。

その物は、石だった。それがいつからお金になったのかはわからないが、それは村の財産だった。

Baka!
Imo!

でも人間社会には、どうしても争いがあり、それが戦争になり、A族はB族に敗《ま》けてしまった。

敗けたA族は、戦争の賠《ばい》償《しょう》金を払うことになり、勝ったB族はその村の重いお金を、みんなで引いて持ち帰った。

Ite!

でも人間社会だから、しばらくするとどうしてもまた争いがあり、また戦争になり、こんどはB族がA族に敗けてしまった。

さあ賠償金だ。こんどはA族がそのお金をみんなで引いて持ち帰った。

そうやって戦争のたびにその「大金」はあちこち運ばれて、あるとき運びそこねて、途中の湖に落としてしまった。

湖底から引揚げるのは大変だ。

いずれ何とかするからと、みんなでよくそれを覚えておくことにした。

次の戦争のとき、賠償金は、湖の底に沈んでいるから、それをそのまま勝った方にあげることにした。いずれは引揚げるという前提である。

とりあえず
そうしよう・・・

そしてまた戦争があり、
また戦争があり、そのたび
に湖底に沈んだままの「大
金」は、その「約束」だけ
が勝者と敗者の間を行った
り来たりしている。

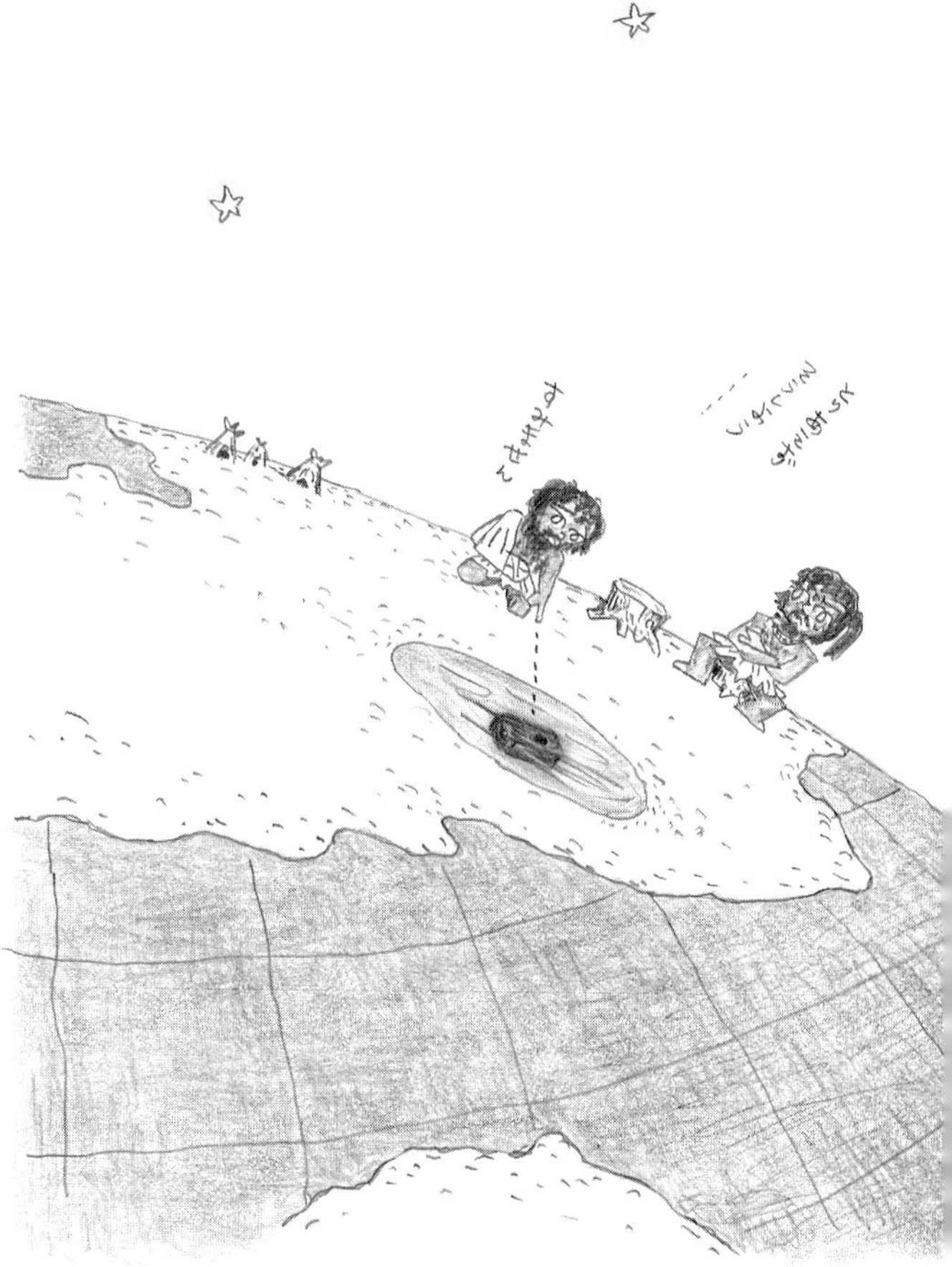

そうやって世の中にお金が本体をあらわしてきた。といってもお金の本体は、目に見えないのが特徴である。だからお金はますます見えなくなった。いずれは手に取って触れるという「約束」だけがあり、その「約束」が、いまはほとんど地球上の全域に広がっている。

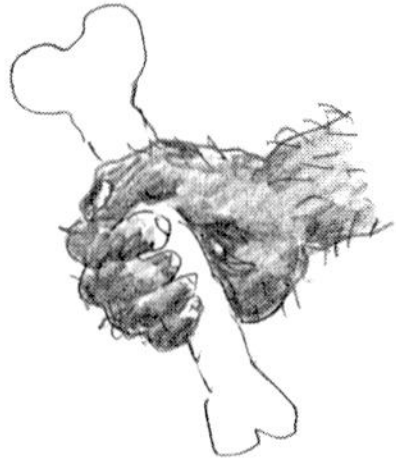

Ⅳ

ニナの手形

Nina's Bill

ニナはうちの犬だ。犬は朝夕二回の散歩をする。犬は暇《ひま》だけど、人間の方はそう暇じゃないから、夕方の散歩のとき買物をする。

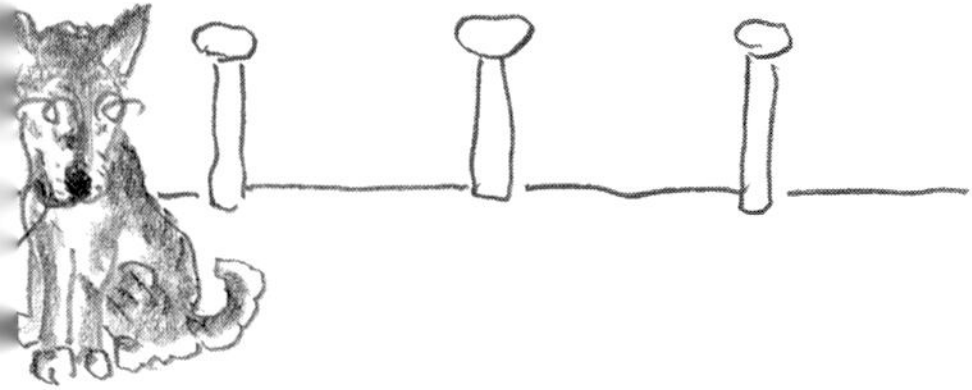

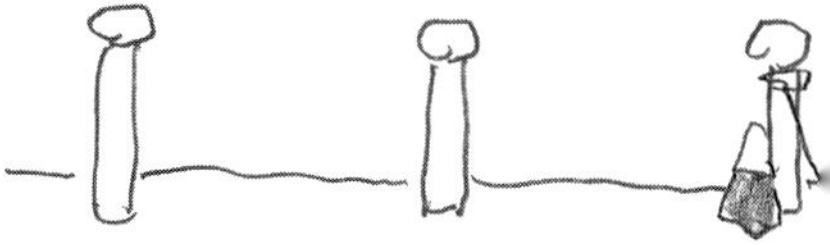

スーパーで買物をしている間、ニナは紐に繋《つな》がれて外で待っている。その様子がマジメで、いじらしいので、買物が終わって戻ると、ご褒美《ほうび》に魚肉ソーセージを一本あげる。

ニナはそれをパクッとくわえると、そのままさっさと歩きはじめる。教えたわけではないのに、その場では食べない。早く家に帰って食べるために、せっせと家路を急ぐ。寄り道がなくて人間には都合がいいので、いつの間にかそれが習慣化した。

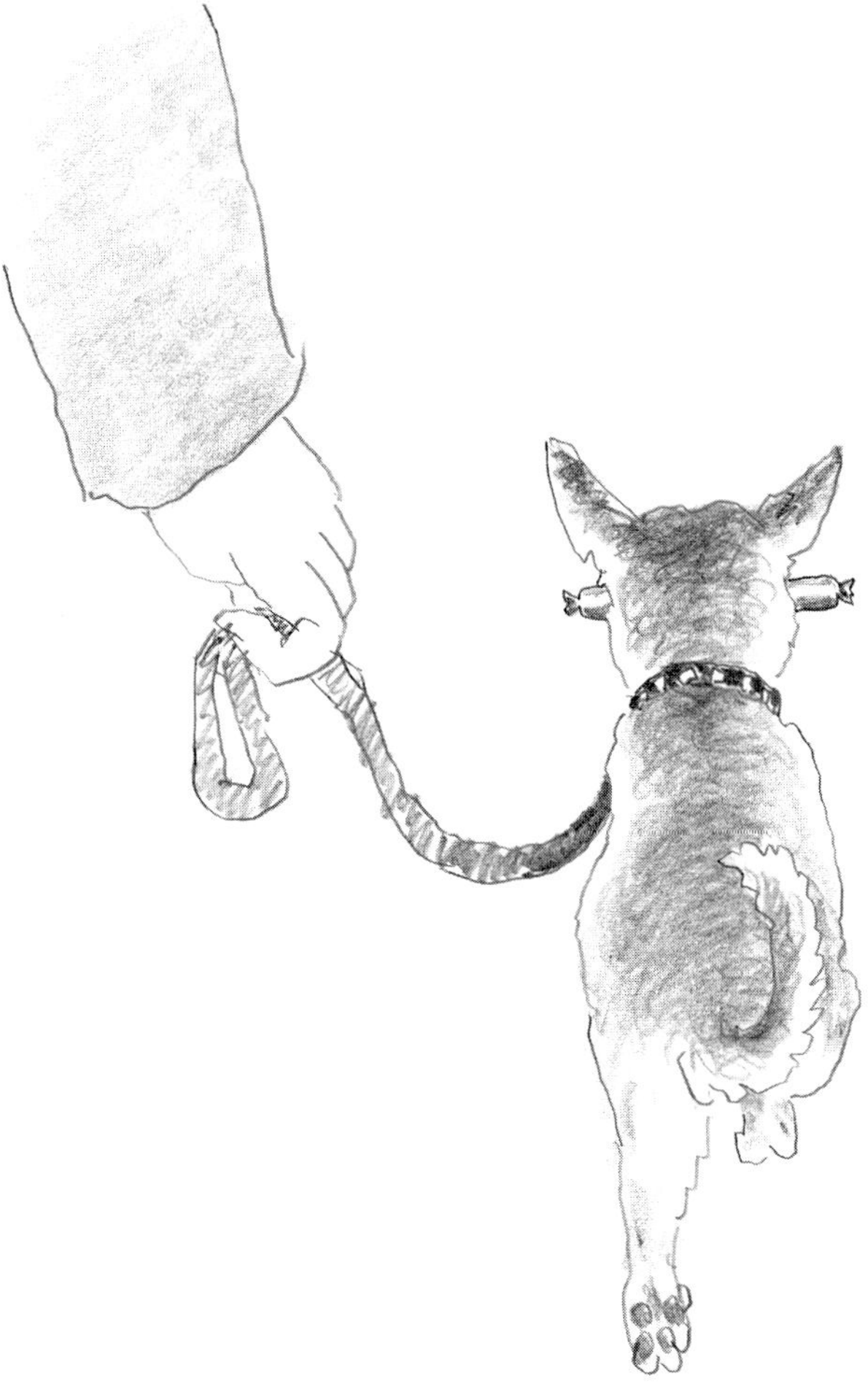

ニナは家に帰ると台所で正坐する。ソーセージの皮を剝《む》いてあげると、さあ待ってましたとそれをパクっく。それまで歯でぐっとくわえて、たぶん少し孔《あな》が開いて、肉の味もしみ出ていただろうに、それをじっと自制して家まで帰るのは偉いものだ。

ところがある日、買物を終えてスーパーから出てきて、妻はニナのご褒美を忘れたのに気がついた。

「あ、ニナちゃん、ごめんね」

妻はとっさに機転をきかせてハンカチを取り出し、それをソーセージみたいに丸めて出してみた。ニナは何のためらいもなく、それをパクリとくわえて歩きはじめた。

ニナはハンカチをくわえて、いつものようにせっせと家路を急ぐ。くわえているのは肉と違って食べられないハンカチだとわかっているはずなのに、それでもせっせと歩く姿がいじらしい。健気《けなげ》さを感じる。ニナはどんな気持なのだろうか。

ハンカチ

そのニナの健気さといじらしさを見て、これを裏切っちゃいけないと思った。

ニナは家に帰ると、いつものように台所の土間で正坐する。人間は慌てて家の冷蔵庫を開けて、買い置きのソーセージを出してあげた。

ニナはそれを当然のように美味《うま》そうにパクついている。それを見ながら、そうか、これがニナの現金化なんだ、と気がついた。

　ハンカチは「手形」だった。約束手形だ。それを家に帰って現金化してあげないと、以後手形の取引ができなくなる。不渡り手形を出してしまったらおしまいなのだ。

　そんなことを教えてくれるなんて、ニナは偉い。

そうやってニナとの間に、現金と手形の通商協定が結ばれて、そしてスーパーの買物帰りのある日だった。ニナはその日はハンカチである。手形だった。それが交差点で信号待ちをしているとハンカチをぽろりと落として妻を見上げている。あれ？　と思った。

ニナ……、どうしたの？

ぽろり…

妻はすばやくわかった。スーパーの帰り、その交差点にもう一軒小さなコンビニがある。

妻がたまにそこでも何か買うのを、ニナは知っている。だからニナは手形もいいけど、ここで早く現金化できないものかと、妻に問いかけている。

凄《すご》い。ニナは知識人だ。

子供のころ読んだ小説で、金持の子にいじめられる貧乏な家の子がいた。その家は手形のことでも苦しんでいるが、その手形というものがどうしてもわからなかった。その手形のことを、ニナと妻に教えられた。

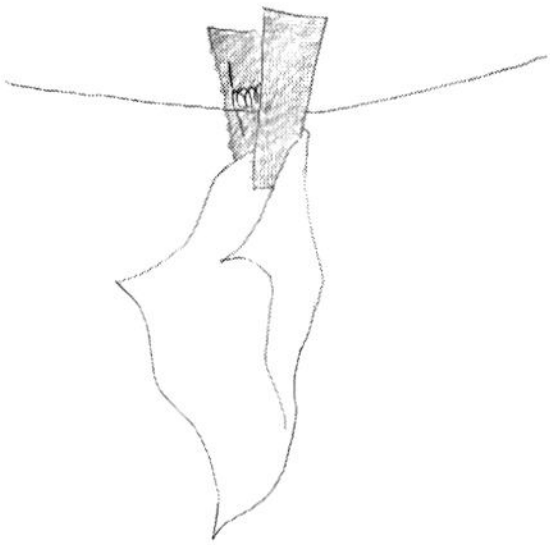

V

悪貨は良貨を駆逐する

Bad Money Drives Out Good

外国のパリへ行ったとき、買物のお釣りで物凄く汚い紙幣《しへい》を受取った。

思わず手が引っ込むほどの汚さで、それが紙幣として流通していることに驚いた。何だかバイ菌がうつりそうだった。

メルシー

日本でも古くなって擦《す》り切れた紙幣はもちろんあるが、これほどのものは見たことがない。全体にパリでの紙幣はぞんざいに扱われている気がした。買物の「物」こそが大事で、紙幣はそれまでの手続に過ぎないという感じが強い。

事実それはそうなのだけど、日本での紙幣はもう少し大切に思われているのではないか。その証拠に、神様のお札《フダ》と同じ字を使った「お札《サツ》」という名で呼ばれている。物よりも上にある何か、という思いがどことなくあるのかもしれない。

ありがとう
ございます

ジュネセパ
ドゴール

それはともかく、パリでのその汚いお札は、次の買物のとき真っ先に出した。外国のお札は珍しいのでしみじみ眺《なが》めたりもするが、これほど汚いものは早く出ていってほしい。通貨ではあるが、人間社会の垢《あか》みたいに感じた。

でもそうやって汚い紙幣を真っ先に出して払いながら、そうか「悪貨《あっか》は良貨《りょうか》を駆逐《くちく》する」とは、このことかと思った。この紙幣を受取った人は、やはり持っているのが嫌で、次には真っ先に出すだろう。

ボルドー
シャンソン
ボン

5
JOKER
JOKER

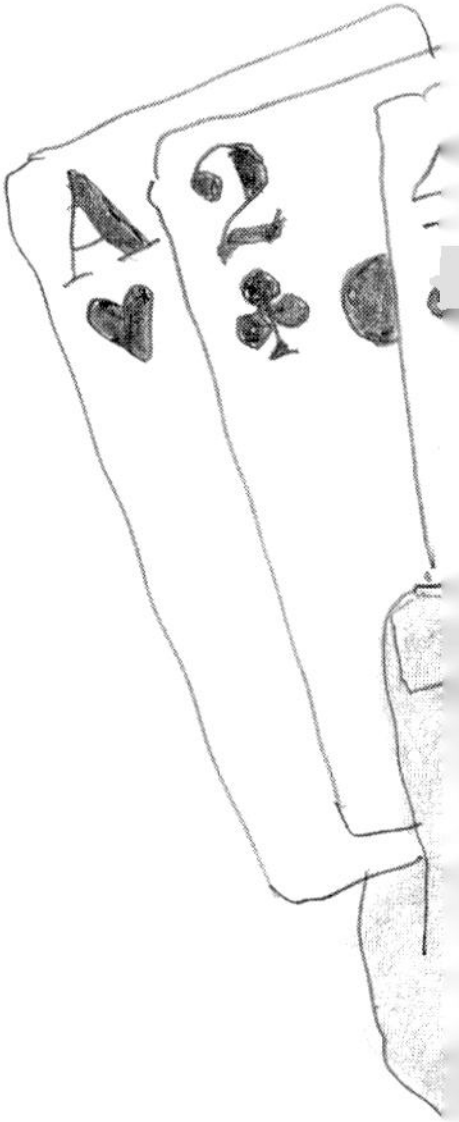

人間誰《だれ》しも、汚いよりはキレイな方がいい。これはトランプのババ抜きの原理で、金は天下の回り物とはいえ、どうせなら汚い金から先に出したい。

紙幣以前の金貨の時代は、もっとはっきりしている。時の政府の作り方で、金《きん》の含有率などけっこう差がある。となると金貨の額面は同じでも、良質のものをとっておいて悪質なものから先に使う。

　結果、良貨はしっかり蔵の奥深く仕舞い込まれて、市場《しじょう》には悪貨の方が出回っていく。

¥450,000-
¥270,000-
petri flex 7
¥25,000-
LEICAFLEX
Leitz
¥270,000-

中古カメラの世界もそうだ。マニアは、たとえば良いライカを欲しがる。だから良いのがあればそれを買い、手持ちの劣《おと》るライカの方を放出する。

何事もそうで、時計も、名画も、骨董《こっとう》も、本当に良い物は奥深くに隠れて、それより劣る物が市場にあふれる。

市場経済とは、公《おおやけ》の場所でのやりとりである。結果としてそこに悪貨があふれる。良貨の方は、プライベートな内部にもぐり込む。似たようなことで、ホンネと建前《タテマエ》というのがある。公の場にはタテマエだけがあふれて、ホンネはそれぞれの内部に、じっと身を潜《ひそ》める。

自由と平等の
明るい、民主的な
愛の、人類の、
地球を守る、
人権の、
アートの、市
民の、新しい、
平和な、
しあわせな、
その他、
いろいろ、

ふざけんじゃねえよ!!
部長のアホが…

タテマエはホンネを駆逐する、といい切るわけにはいかないが、でもここだけの話、それは事実である。

あとがき

人間の頭の中にはいろんな疑問がある。誰かに訊いてみたい疑問もあるし、訊いてもしょうがないと思っている疑問もある。

疑問というのは、解決すると科学になるが、解決しない疑問は哲学となる。訊いてもしょうがないと思っている疑問は、ほとんど哲学なのだ。人間は死んだらどうなるか。この世の果てはどうなっているのか。時間というのは無限につづいていくのか。

そういうことを、みんな子供のころに考えていた。でも考えても答はみつからないので、あきらめて大人になった。大人になって、解決の道のある科学でやることにしたのである。

だから哲学というのは、本当は子供の学問だと思う。自分は何故ここにいるのか。自分はどこから来たのか。友だちと夢中になって遊んでいるときにはそんなことを考えないが、一人でぼんやりしているとき、おねしょをして起きてしまったときなど、そういう哲学に頭を占領された。

いまはもうみんな大人になっているが、そういう子供が小さくぺしゃんこになって、頭のどこかに残っているものである。そのぺしゃんこの子供がふとしたことで、頭の奥から出てくることがある。そういう大人の中の子供に読んで欲しくて、この本を書いた。

一回目はお金の疑問だ。じつはお金というのは、子供時代のぼくの頭には、その存在自体が理不尽だった。これは貧乏のせいもあるだろう。米や野菜や魚が店にあるのに、お金がないのでそこまで手が届かない。何なのだ、いったいお金というものは。

でもこの理不尽は、大人への道でいやおうなく飲み込むことになる。生活がはじまると、そう長く立ち止っているわけにはいかないからだ。理不尽だと思いながらも、そのお金を稼いで使うことにならざるを得ない。

たとえばの話、いまでいう日米関係に似ている。この地球上でのアメリカの存在に、いかがなものかと思いながらも、とりあえずはその関係を飲み込んでの生活となる。

だからこの本でのお金の疑問は、ナマの子供の疑問というよりは、大人になってお金と交際をはじめてからの、そのやりとりに潜む小さな疑問である。いまとなっては、疑問は小さなものほどナマである。

この大人の絵本的企画を編集部の永上敬さんに打ち明けられたのは、二年ほど前だった。永上さんとは前に『優柔不断術』という本を実現している。あの本も痛快だったが、今回も正に「待ってました」の感じで、ぼくの頭の中の子供が喜び勇んで、たちまちいくつかの疑問が走り出てきた。自分の謎、風景画の側面、お金の疑問、ゴミと芸術、といろいろある中の、第一問が本書である。

自分の頭の中の、ぺしゃんこの子供が少しずつふくらんできて、とても嬉しい。あらためて編集の永上敬さんと、そしてブックデザインの成澤望さんに、謝意を表する。

2005・8・22
赤瀬川原平

解説　「ぺしゃんこの子供」

山口晃

赤瀬川さんの文章は面白い。今更に言うことでもないが、この本の解説を書けというのでゲラをもらって読んだら、やっぱり面白い。面白いのでカミさんに読み聞かせてやったら、私の話を聞くときにはしない目の輝かせ方をしながら「上手いもんだねえ」と言う。面白いとか上手いとか夫婦揃って失礼な言い草だが、どこか名人上手の趣があり、確かに私も「上手いものだ」と思ってしまう。

赤瀬川さんが話すのを聞くとそこまで面白くはない。話がつまらぬということではなく、面白いことを言う打率を気にかけない風で、そののどけさに「アレ？」となるのだ。座持ちのための言辞は弄せず、「あー」とか「うーん」とか首をかしげながら、真に思ったことだけを探し探し口にしてゆく様は、文章の面白さとは別に何かこう、こちらを安心にするものがある。

かつて大平正芳という総理大臣がいて、答弁に立つと「あー」や「うー」がやたらと多くて聞くに困ったが、その困った答弁を文字に起こして「あー」と「うー」を取れば、直す必要のない答弁書になった、などという話を聞いたことがある。

赤瀬川さんの文章も、喋りからそんな「あー」や「うー」を抜いた後のもので、ダイジェストの軽快さを面白く思いもすれば、選り抜きの濃密さに上手さを感じたりもするのだろう。ただ、あの安心な雰囲気の持つ温度は文章にもじんわりと伝わっていて、上手いものだとは思っても、技巧的な厭らしさを感じないのはそういうことだ。赤瀬川さんその人が表れていて、練られているのに訥弁の風がある。

そんなダイジェスティングや選り抜きに耐えられる、面白さ上手さの芯の部分は何かと考えるに、これは異様なまでの見立ての的確さに思われる。

半歩ずつ進むような、三歩進んで二歩下がるような、総じて逡巡する印象を残す文章の中にあって、この見立ては腰を落とした武芸者の摺り足のようにさりげなく、しかし決定的になされる。何々はこれこれだと言い切るその図星の指し具合に、平地を歩いている積もりでいたら覚えず高台の端に出て目の前が開けたときのようにはっとなる。いかにも赤瀬川さんらしい、しかし平易な単語の組み合わせに過ぎぬものが、突如として論じられていることそれは何かを立ち所に見て取らせるのだ。正確な見立ては聞く者をグイと摑み上げ、一目に俯瞰できる視座を与える。その見晴らかす快感に面白いとなるし、そうさせる手際に上手いものだとなる。

本書のあとがきは本文に負けず劣らず奮った見事なステートメントで、見立ての確かさの源流らしきものも原平さんではなく克彦少年の頃にまで遡って書いてあるが、冒頭から「疑問というのは解決すると科学になるが、解決しない疑問は哲学となる」などと、とんでもない見立てが現れる。

疑問が解決すると科学になってしまうというのは「宇宙の缶詰」よろしく、いかにも赤瀬川さんらしいレトリックのようだが、ちょっと考えると恐ろしい。

色彩学なんかで、「色」は可視光線が物に当たって吸収されず跳ね返った分を目の受容体が受けとめたものだ、と説明されてゾッとしたことはないだろうか。世界に満ちていると思った色彩はこちらの神経的な興奮に過ぎず、自分が本当は常闇の中にいるというイメージ。「なってしまう」にはそんな、疑問の答えが世界の側でなく、こちらが腑に落ちるというところにしかない心細さがある。

世界が与えてくれたのではなく、よく見て考えこちらが出した見立て。世界を前にすると我々は子供のままだ。「解決すると科学云々」に続く「哲学というのは、本当は子供の学問だと思う」の言には、世界に対しては見立て続けてゆくくらいしか出来ないという諦念が表れているようにも見える。

当の子供は大人に比べたら生き物として余程ナマで、好きなことは度を越すが嫌いなものは手も付けない。何に度を越し手を付けないかは人それぞれで、そこは性分だ。克彦少年は一人ぼんやりするときなど「解決しない疑問」に頭を占領される性であったらしい。解答の脅迫の無いところではあらゆる見立てが許され、「長く立ち止まって」する思案の中には解き放たれる自由さがあったのではないか。克彦少年は一人のときにこそ世界に開かれ、見立ての腕が磨かれたのに違いない。

しかし、そういう好きなことに度を越して立ち止まるという幼児性は「生活がはじまる」と矯めなければならず、「ぺしゃんこ」にせざるをえない。生活というのは社会ということで、そこで暮らすために、私たちは生き物の部分を矯めて人間をやるわけである。

ただ、「ぺしゃんこ」になってもそういう子供の部分は根っこのように残っていて、その性分に合った枝葉を伸ばしてやらないとどうも上手くゆかないし、そういうところから水を吸い上げることを忘れると人間も立ち枯れてしまう。

社会の中で生き物でいられる方便を持つのが大人の才覚だ。子供の頃は力が無く広げられなかった枝葉を大人になって得た力で繋らせるのだ。だから、子供は大人にならなければいけないし、大人は子供を忘れてはいけない。

この本は赤瀬川さんの中の「ぺしゃんこの子供」が「喜び勇む」ほど「待ってました」の企画だったらしく、思い入れの強さもひとしおだそうで、絵本という形式の妙味にもあふれている。

この本の赤瀬川さんの絵は、デッサンと漫画とレタリングが一つになったような絵だ。再現性への素直な志向が心地良いところもあれば、あっさりと記号的に済まして滑稽味にあふれるところもあり、洗練されたデザインを見るところもある。そのどれもが作者の身に添っていて気負いがない。しかしそれが本文と合わさると妙なことになる。

絵は本来的にはイラストレイトの手段に向かない。必ずそれ自体の言葉を発し出すからだ。文に沿った内容になるほど絵がイラストレイトしそこねる。

最初の見開き。拳銃の描かれた吹き出しの点線がもう違うことを言い始める。多分吹き出しの丸の、時計にしたら十時のあたりから描き始める。点が詰んでいるがすぐに間伸びしてくる。三時、ニューっと青丸に向けて伸びる。定規は使わないが丁寧な線。好い感じ。十時に向けフィニッシュの辻褄合わせ。一番短い線が最後か。もう赤瀬川さんの呼吸しか浮かばない。九十六ページ、パリのお札。ハッとするほど汚い。文章を突き抜けて絵がべりべりとはがれてゆく。

こんな調子でいちいち何処かに連れてゆかれる。文に合わせるほどにいろんな逸れ方で脇に逸れてゆく。文章に隙はなく一、二章の気持ち良いジャブから、三、四章の見事なストレート、五章に駄目押しと、さらっと読め過ぎてしまう。そこで逸れる絵だ。花見のときの料理みたいに、食べるのに気を惹かれて花を忘れるその度に、また花に出会い直させる。絵が何度も文に出会わせ味わいを深くする。

これも「ぺしゃんこの子供」のしわざなのだろうか。それとも赤瀬川さんのいたずらだろうか。

（2022・4・13）

本書は二〇〇五年九月、毎日新聞社より刊行された。

ちくま文庫

ふしぎなお金《かね》

二〇二二年五月十日　第一刷発行

著者　赤瀬川原平（あかせがわ・げんぺい）
発行者　喜入冬子
発行所　株式会社　筑摩書房
東京都台東区蔵前二―五―三　〒一一一―八七五五
電話番号　〇三―五六八七―二六〇一（代表）

装幀者　安野光雅
印刷所　凸版印刷株式会社
製本所　凸版印刷株式会社

ISBN978-4-480-43793-8 C0195